KB050126

천년의 시 0161

내 꽃밭을 누가 흔드는가

천년의시 0161

내 꽃밭을 누가 흔드는가

1판 1쇄 펴낸날 2024년 8월 23일
지은이 김형범
펴낸이 이재무
기획위원 김춘식, 유성호, 이형권, 임지연, 차성환, 홍용희
책임편집 박예솔
편집디자인 민성돈, 김지웅, 정영아
펴낸곳 (주)천년의시작
등록번호 제301-2012-033호
등록일자 2006년 1월 10일
주소 (03132) 서울시 종로구 삼일대로32길 36 운현신화타워 502호
전화 02-723-8668
팩스 02-723-8630
블로그 blog.naver.com/poemsijak
이메일 poemsijak@hanmail.net

ISBN 978-89-6021-774-4
978-89-6021-105-6 04810(세트)

값 11,000원

내 꽃밭을 누가 흔드는가

김형범 시집

천년의 시작

시인의 말

사랑해서 미안해
그래도 기쁘다
주울 때는 신기하던 수석들
물기 마르고 세월 가니 그냥 돌멩이
버리려니 섭섭해도 시원하다

2024년 8월
김형범

차 례

제2부

제3부

제4부

해 설

제1부

별

사랑합니다

어떤 것도
그대를 대신할 수 없어

나
그냥저냥

살아갑니다

적우適雨

기다리던 그날 그때
비가 내리면
그대 향한 그리움으로
들풀처럼 돋아나렵니다

그렇게 비가 내리면
그대의 향기가 물안개 되어
마른 가슴에 밀려올 테지요

촉촉이 비가 내리면
그때 그 찻집에 가서
나 멍하니 앉아 있겠습니다

그대 당도하지 않은
창가에 비가 내리면
나는 철없는 아이가 되어
빗방울로
매달려 있겠습니다

화해

언 땅이 싹을 틔우는 것은
서로 손잡자는 뜻입니다

벚나무 마른 가지 꽃 피우는 것은
누구에게라도 웃어 주라는
환한 사랑의 몸짓입니다

꽃잎 다 진 뒤 연초록 잎 피우는 것은
온 힘 끌어 올려 노곤해진 자리
감싸 주라는 애틋한 마음입니다

하늘에 휘젓던 가지에
찬바람이 이는 것은
혹독한 겨울 눈의 무게도
너끈히 이겨 내라는 믿음입니다

미더움에도 앞서는 걱정이 있어
한 번 더 일깨워 주려는
따듯한 배려입니다

유등지에 가면

소리 내어 울지는 않아도
눈은 어느새 조용히 붉어진다

세상 달콤한 유혹이 흔들어도
흔들릴수록 어금니 지그시 물고
마음 문을 잠근다

가슴속 칸칸이 들어찬 진한 그리움
젖은 눈망울로 말하고 있었다

말하지 않아도 알 수 있다
기약은 없었어도
아린 마음 조용히 삼킨 신음이니까

너를 기다린다, 밤새 등불을 켜고

바다

불끈 솟아오른 힘줄 팽팽히 당겼다 놓았다

골짜기에 쌓인 찌꺼기들 사라질 때까지
거대한 암벽 부수다가 무참히 무너지기도 하는

무슨 한이 저렇게 많은가요

가도 가도 닿을 수 없는 칠흑 같은 밤
살아가야 할 이유를 찾아 헤맨다

산다는 것은, 늘 제 살을 도려내는 일, 저 혼자 소리치다
제 뼈를 깎아 섬 하나를 보여 주는

바다 이것은 후려치면서 울다 웃는 벽인 것을요

가시고기

괜찮아

빈속을 찬물 한 잔으로 채워도
오늘도 내 땀을 팔아야 한다

한파 몰아치는 벼랑 끝에 서서도
너털웃음 지으며
천 근 같은 삶 홀로 지고 발버둥 친다

그 뒤편에는 드센 물결 소리뿐

모래밭에 꽃 한 송이 피워 보려고
숯덩이 가슴 색칠하여 팔색조가 된다

분주한 몸짓으로
거친 물살 쉼 없이 헤엄쳐도
늘 제자리인 것을

어디 있나 이정표 찾아
두리번거린다

우포늪에서

부끄럽다

백 년을 살지 못하는 하루살이의 삶들이
미워하고 질투하고 화내며
너무 쉽게 사랑한다, 다짐했다가

가시 돋친 작은 말 한마디에
금시 마음 휙! 변하는데

일억 사천만 년 동안 그 자리 의연히 지키고 앉아
잠시 머무르는 맨발의 철새에게도
늘 푸근한 미소로 맞아 주는 우포늪

작은 풀 이끼 하나도 끔찍하게 보듬는
진정 천사 같은 어머니

고된 발 씻겨 줄
그분이 여기서 기다리고 계셨네

칠판

지웠다. 썼다
동네북인가
해 봐라 하고 싶은 대로

꽃 피우는 날
천둥 치고 소낙비 내릴 때도 있지

밤새워 울 때
보름달 환하게 웃는 날도 있다

네가 내게 썼다
지우면 잊겠지만

세월이 가고 가도
너의 흔적
옹이처럼 안고 있다

꽃대를 밀어 올리는 밤

어지러이 울던 풀벌레도 잠든 여름밤
홀로 창가에 앉아 별을 찾는다

언뜻 보이다 스쳐 가는 별 하나
작은 나뭇가지에 매달려 있다

처음처럼 처음같이 늘 피어 있을 줄 알았던 그대
남기고 간 시린 바람이 볼에 흐른다

내 안에 나보다 더 깊숙이 자리한 그대
그리움의 무게가 말도 못 할 만큼 아파도
아무렇지 않은 척 밀어 올리는 상사화 꽃대

하늘만 바라보다 생겨난 그림자에
흠칫 놀란 나는 아무것도 줄 것이 없네

귀양살이

바닷물이 노도* 허리까지 잠기는 날
서포 김만중은 아린 마음 삭이며
속울음 파도처럼 토해 냈겠지

『사씨남정기』 한 구절마다
허기진 배 맹물 한 사발로 채우고
달빛 질 때까지 온 마음 쏟아, 붓질했겠지

이승에서는 다시 만나지 못할 정을 찾아
육신은 노도에 묻고
혼령만이 쪽배 따라 고향으로 돌아갔겠지

그 바닷가
미처 따라가지 못한
그의 사리가 몽돌 되어
오늘도 구르고 구르며 비를 부른다지

포구나무는 몸 안에 가두어 두었던 빗방울
늦게야 찾아온 내 정수리에

뚝뚝 떨구고 있다

* 노도: 경남 남해군 노도. 『사씨남정기』를 남긴 서포 김만중 유배지.

사랑해서 미안해

어느 날 뜨거운 바람이
눅눅한 내 가슴에 들어와
시들지 않는 꽃 한 송이 피워 올렸다

하늘에 별 하나 더해지고
달빛이 쏟아지는 밤 가 보지 않은 바다에서
우린 하나가 되었다

보낼 수 없는 사람을 보내야 하는 사람
떠나가도 이별이라 하지 말자

그대 없는 삶은 의미 없는 생
이제 너무 멀리 와, 돌아가는 길을 잃었다

기다려 달라 이별은 아니라며
돌아보지 않고 아이같이 뛰어갔다

떠났어도 내 안에 있는 그대
떠난 빈자리에 고이는 눈물

여백

사랑도 그리움도 가끔은
전등 스위치 끄듯
멈추어 보자

때로는 켜켜이 쌓아 둔 돌덩이
다 내려놓고
돌아올 수 없는 거리만큼
떠나 보자

어떤 날은
바람개비 따라 돌고 돌고 돌다
정신 줄 놓고 멍해 보자

늘 그 자리에 기다려 주는
느티나무 팔에
어린나무 잎은
저리 매달려도

달빛이 구름 사이를 지날 때

그윽한 눈빛
허물을 벗어 놓고 흐른다

눈 감아야 보이는
그대 가슴에 몰래 들어가
내 마음 전하려다
때늦은 안부만 묻는다

회오리 같은 마음
그대 불길 속에 뛰어들어
부스러기 하나 없이 타고 싶다

달빛에 젖어 술에 젖어
그리움 앞에 놓고

제2부

명자꽃

동백꽃 같기도 장미꽃 같기도 한 명자꽃
목련 개나리 산수유 지고 나면 조용히 피는 명자꽃

밤새 휘몰아치는 바람에
여린 꽃잎은 속절없이 꺾였다

세상 끝까지 갔다 울지도 못하고
날 수도 없는 새가 되어 돌아온 명자 누이

개구리울음 한창일 때
줄 끊어진 연처럼 날아
초저녁 시린 별이 되었다

봄이 오면

약속은 없었어도
꽃씨 하나 숨기고
가지 끝에 앉아 온종일 기다린다

그를 영원히 간직하려는 바람은 불치의 병인가
옷자락에 스치는 한 자락 바람결에도 소스라친다

뜨거운 입김으로 밀려오는 너의 밀어에
녹슨 빗장은 소리 없이 열리고

마음속 얼었던 강물은 녹아 어깨 들썩이며
은빛 날갯짓한다

햇살 유난히 빛나는 날 그의 신부가 되어
봄 향 한 아름 안고
그 품에서 살포시 꽃잠 들고 싶다

꽃 진 자리 아무리 아프더라도……

능소화

겁쟁이
오늘은 저 담장을 무너트리고
골목길 내달려
따져 볼 거야

뭐 그리 잘났냐고
양심이 있냐고

그러고 싶다가도
못났다, 그런 생각 몇 번이던가

오늘도 넘지 못하는 담장에 매달려
고개 빠지도록
발걸음 소리만 찾고 있다

목련

나는 너의 포로가 되고 싶은
이 몸살 나는 봄날을
어디로 던져야 하나

속살같이 여리지만 우아한 달빛 아래
하얀 너의 웃음소리가 하늘 가려 주는 것은
늘 고요하고 청청한 슬픔이었구나

깜빡이는 까만 눈동자
꽃잎에 맺힌 이슬같이 맑고
때로는 칼끝보다 더 도도하였지

몰래 바라보아도 너는 거울이 되어
난 무엇 하나 숨길 수 없구나

어떨 땐 물안개를 끌어안는
아침 호수의 햇살 같다

너의 하얀 미소와 그윽한 눈빛
펄럭이는 옷깃 사이로

언뜻언뜻 가슴이 파닥일 때

이 봄날이 주는 몸살의 조각을 들고
강가에서 눈감고 흘러가는 은물결이 된다

제비꽃

얼마나 아파야
너를 잊을 수 있나

비 내리는 돌 틈 사이에서
쓴웃음을 토해 내는 너

저물녘 실없이 내리던
봄비가 안개를 피우던
공원 길 모퉁이를 돌다가

그렁해진 눈망울
허기진 목소리로
가슴이 터져 죽을 것 같다던

입술이 보랏빛이던
작은 그녀

비가 내리는 날은

가슴에 묻어 두었던 빛바랜 기억들이
그냥 궁금한 안부처럼 번져 온다

그러다 문득 부끄러움이 기차같이 달려올 때
우연히 만날 수 있다면
속마음 말할 수는 없어도
내 안에 늘 그대가 있다, 하겠다

얼마나 많은 시간이 흘러야
이 마음 조각구름처럼 흩어지려나

이런 날은 바람을 등에 지고
보이지 않는 별을 찾아 떠나고 싶다

낯선 간이역 뜨락에 핀 채송화에도
오래오래 눈 맞추고 싶다

꽃

그대는 꽃입니다
무슨 꽃인지는 말할 수 없습니다
지금도 쉼 없이 피고 있습니다

그대는 향기입니다
어떤 향인지는 말할 수 없습니다
언제나 혼미하도록 다가옵니다

그대는 바람입니다
어떤 바람인지 알 순 없습니다
그러나 그 보이지 않는 그대의 바람이
늘 나를 흔듭니다

낙화落花

나를 부풀게 한 햇살 같은 바람이
낯선 얼굴로 흔든다.

격정의 온기
아직 식지도 않았는데
손님같이 기약 없는 작별의 인사를 한다

다시 날아오르려
뒤척이는 여린 몸짓 위로
슬픈 그림자만 무겁게 지나간다

할 말을 못 하고 아픔을 삼키며
견딜 수 없는 떨림으로 젖은 몸을 누인다

건널 수 없는 강둑에서 가혹한 슬픔을 끌어안고
사랑한 만큼의 벌을 순순히 받자

민들레

낯선 도시 보도블록 위에서
꿈을 찾아 캄캄한 밤을 보냈다

남루한 몸 하나 뉠 수 없는 차가운 담장 아래
밟히고 차이며 나는 누구를 밀쳐야
이 질긴 어둠 건널 수 있나

봄날 이 넓은 세상
허기진 배 찬 이슬로 채우며
손가락이 부르트도록 마른땅 헤집는다

첫 숨 밀어 올리며
담장 위를 건넌 고양이의 앙칼진 밤에
별빛 속에 지친 몸 누이면
당신의 목소리가 보인다

슬플 때는 슬피 울어 다 게워 내라고
노란 민들레 보도블록 틈새 비집어
바지랑대 같은 꽃대 하나
기어이 밀어 올린다

개망초

참! 속없다
언제나 히죽히죽
참 속 좋다
누가
그 이름 불러 주지 않아도
모른다, 하여도
아니 잊은 지, 오래라 하여도
빙그레
하늘하늘 언덕에서
너의 그림자라도 잡아 보려고
씩 웃으며 서 있다

물레방아

채우면 비우고
비우면 빈자리만큼 또 채운다
채우려 도는 것도
비우려 도는 것
돌고 돌아도
늘 제자리걸음인데
막상 멈추는 게 두려워
쉼 없이 도는 건 아닌지
굽은 등짝 누르는
생의 무게
허리 한번 펴지 못하고
오늘도 돌고 돈다

덩굴장미

뜨거운 담장에 기대어 떠나는 시간을 붙잡고
유월 한낮이 버둥댄다

한때 헤픈 웃음과 바람 따라 흔들렸던
철없던 날들, 이제 지우려 하여도 지울 수 없다

불장난, 그 사랑의 흔적들 바람 따라 흩어지고
여우비는 그 꽃잎 자근자근 밟는다

다가서면 멀어지는 무지개 한 줄 걸어 놓고
황급히 떠난다

수선화

울고 싶어도 울지 못하는 눈물이
웃어도 다 웃지 못하는 웃음이
여리다, 보드랍다

맑다, 그러나 가시도 있다

뽑히지 않는 못
지워지지 않는 얼룩
던지려 하여도, 싹 닦으려 하여도
과거는 과거로 남아 있다

봇물 터지듯 다 쏟아 내고
달밤에 철없는 소녀처럼 피어

늘 흔드는 이여
늘 그리운 이여
수선화 그 이름 부르고 있다

연꽃, 흔들리는 밤

누가 볼까, 울음 삼키고
두 손으로 얼굴 가리는 연화

그가 달빛 품에 쓰러진다.

아무도 모르게
그 가슴에 조각배 매어 놓고
여름밤을 꼬박 지새우며
흔들리는 마음으로 살아 볼까

오지 않는 사람 놓아 버리고
흔적 없이 살다 갔다는 걸
어느 누가 기억해 줄까

머물다 지친 연꽃 따라
달도 연못에 뛰어든다

연화, 비 오는 날의

퍼붓는 소낙비에도
절대 젖지 않으리

한 번을
피워 올려도
저 붉은 해같이 솟으리

지나가는 바람
허리 꺾이도록 흔들어도
그 자리에서 꼿꼿이
꽃씨 하나 키우리

그러다
눈물 한 방울 볼에 구르면
그리움을 참는 일로
속울음 토하리

묵언
그것은 죽을 만큼 힘들다는 것
그날 내 곁에 와 주오

잠시 머물지라도

단풍

허허로운 울음에
칼끝이 닿았다

어느 봄날
팔짱 끼고 걷던 우리의 다짐들은
굳게 잠긴 빗장을 열고 달아났다

바람 따라 날아오르던 그때
출렁이던 가슴 파도 되어
달아난 내 마음 빛깔이
저보다 더 붉을 줄 미처 몰랐다.

돌아선다는 것
변한다는 것
남은 상처들이 뼛속까지 파고든다

서릿발 지나간 빈 나뭇가지
부여잡은 단풍잎 하나
가을 깊도록 울고 있다

누가 내 꽃밭을, 흔드는가

바람 순한 날 꽃 한 송이 피워 보려고
고운 햇살 내릴 때
실한 씨앗 하나 골라 가슴에 묻고 싹을 틔웠다

나의 모든 것을 갉아 주춧돌을 놓고
기둥을 세우고
작은 집 하나 지었다

어느 날 돌개바람 태풍이 일고
소낙비에 작은 꿈마저 조각조각 부서지고
구멍 난 마음은
움켜쥘 수 없는 물이 되어 물살 따라 흘러 흘러갔다

타인, 그는 소중한 타인임을
이제야 알았다.

대나무

산그늘 숨어드는 뒤뜰에서
꽃가마 떠난 자리 바라보며 다리가 저리도록 서 있습니다

비우면 날아오를까, 속마음까지 비우고 비웠습니다
내 마음 흐트러질까, 마디마디 동여도 매었습니다

서걱대는 바람에 흔들리는 내가 미워
잔가지로 내 종아리 매질도 해 보았습니다

이제는 기다림을 밀어내고 어느 풍물패 깃대가 되어
그대에게 달려가 춤추고 싶습니다

매끈한 몸 중간쯤 잘라 피리가 되어
바람도 잠 못 드는 밤 그대 창가에서 울고 싶습니다

바람개비

돌이켜보면

모난 돌이었던 내 마음이
그대 돌아서게 하였음을

귀 붉히며 떠난다는 그 말이
꼭 잡아 달라는 뜻인 줄
이제야 알겠네

세월이 가면 갈수록
샘처럼 솟아나는 그리움에
오늘도 쉼 없이 도네

내일은
바람개비 바람이 멈추면 어쩌나

종이배

밤마다 접어 강물에 띄운다

때로는 들꽃 한 아름
때로는 한숨 한가득

내 모습 텅 빌 때까지
쉬지 않는
내 출항

잡초

무엇이 선이고 악인지
구분하지 못하는
아낙네가
잔디밭에서 잡초를 뽑는다

그 험한 손엔
꽃다지 민들레 여린 풀들만
멱살 잡혀 나온다

외마디 비명 한번 지르지 못하고
그들은 짧은 생을 버려야 한다

저 여인
자신도 무명 잡초
아니던가

제3부

풍경風磬

곡비*였던가
그의 전생은

남모르게 울고 싶을
바람과
중생의 바람
듣느라

아픈 부처님

바람에 늘 흔들리고 있는 산

그들을 위해
하늘길 찾아 주느라
외진 산사
추녀 끝에서

울고 있구나
오늘도 너는

* 곡비哭婢: 남 대신 울어 주는 계집종.

정말이면

정말 그리우면
그립다는 말 하지 못한다

정말 사랑하면
사랑한다는 말 하지 못한다

정말 이별하고 싶다면
헤어지자는 말 하지 못한다

정말 그리워하면, 사랑하면
정말 싫어하면
말하지 않아도 알 수 있다

그립다, 사랑한다
헤어지자 말하지 말자

말하지 않아도 알 수 있으니

가인

그대는 어느 봄날
나의 빈 정원에 환한 햇살로 다가와
메마른 가지에 잎을 틔우고 꽃을 피워 주었습니다

그대를 만나면
숲을 거니는 듯 온갖 나무 향기가 납니다
꾸미지 않아도 빛이 나고
늘 가지런히 정돈된 정갈한 마음에
나는 샘물처럼 덩달아 맑아집니다

그대를 만나
겸손과 배려 인품이 무엇인지, 제대로 알았습니다
말하지 않고 눈빛만으로 큰 느낌을 줄 수 있다는 걸 배웠습니다

그대는, 설익은 나를 영글게 하려 늘 햇살을 주고
모난 나를 다듬어 주었습니다
오래오래 그대와 함께 걸으며
세상 흘러가는 것들을 이야기하며
함께 곱게 곱게 물들었으면 좋겠습니다

그럴까 봐!

전화 안 하는 게 아니고
못 하는 것입니다
그대 더 보고 싶을까 봐!

만나지 않는 것이 아니고
못 만나는 것입니다
그대 만나면 헤어지기 싫어서

문자 안 하는 게 아니고
못 하는 것입니다
그대에게 할 말이 너무 많아서

사랑한단 말 안 하는 게 아니고
못 하는 것입니다
혹 내 마음 변할까 봐

전화하지 않아도, 만나지 않아도
문자 남기지 않아도
사랑한단 말 하지 않아도

>

잠시도 멈추지 않는 심장같이
소중한 그대는 그대인 채로
내 안에 있습니다

너의 뒷모습

울어 봐야
눈물 맛을 알 수 있다

멍들어 봐야
아픈 색깔을 알 수 있다

사랑해 봐야
얼마나 행복한지 알 수 있다

헤어져 봐야
얼마나 아픈지 알 수 있다

계절이 오고 가듯 사랑도 변하는 것
오래오래 행복을 갖고 싶으면 그만큼의 대가를 치러야

행복을 지키려면
그의 그림자가 되어야 그의 하인이 되어야

사랑도 행복도
수없이 밀려갔다 돌아서는 파도 같다

그날이 오면

이 세상에
네가 없을 때가 있었다

내가 없을 때도 있었을 것이다

이 세상에
네가 있고 내가 없을 수도
내가 없고 네가 있을 수도 있다

너 없는 세상
생각만 하여도 무섭다

어느 불장난

오월 담장 아래
어느 철없는 여자가 불을 지르는가
벌겋게 달아오르고 있다

인화 물질은
언제나 안전거리에 있어야 한다고
그렇게 알려 주었건만

지나가는 봄바람과 떨어질 줄 모르고
입술 그렇게 비벼 대더니

가랑비
그 불길 끄느라
이른 새벽부터 저리 하염없이
장미 꽃잎 속속들이 적시고 있다

정선행 1

덜덜거리는 시외버스에 올라
이른 햇살을 안고 정선엘 간다

거기 가면 네가 있을 것 같아
부스스한 새벽길
차창 밖 비탈밭은 슬픈 교향곡 악보 같다

곱게 치장하고 반기는 계곡은
구부러진 생의 주름살 같다
화장 다 지운 맨얼굴로 돌아온 나를
낙엽이 뒹구는 숲길이 반긴다

조용히 가지 곁을 떠나는 낙엽들
한 잎 한 잎 처연한 뒷모습은
내가 내 가슴을 밟는 거 같다

발아래 바스러지는 소리
바스락 이번 생의 마지막 뒤척임 위로
는개는 조용히 내리고 있다

정선행 2

정선 아우라지
단풍에서 번져 난 핏빛 설움이 흐르고

울음을 겹겹이 두른 산봉우리 아래
작은 논배미 하나 없고
돌밭에 누워 있는 가난이 뒤척인다

언덕 아래 지어 놓은
너와집 처마에 매달려 있는 한숨이
거친 산등을 기어오른다.

아라리 아라리
허기진 배 움켜쥐고
그 말 못 하고 아라리 아라리

뒤돌아보고 떠나는 사람
가지 마라, 말 못 해
아라리 아라리

>

눈물이

아우라지 돌다 구르다 절룩거리며 흐른다

사랑비

청보리밭에 가랑비가 내린다

잎사귀에 부딪히며 흐르는 빗물이
죽 끓듯 하는 내 마음 차갑게 했다

비가 내리는 저녁 불쑥 내 안에 다가온
냉정한 사람
비를 유난히 좋아하던 사람
비가 내리면 돋아나는 시들지 않는 그리움

비가 내리는 날은 먼 곳에 있어도
어느새 지름길로 달려오라고
나를 향해 손짓하는 짙푸른 사람

비가 내리는 밤에는
쉽게 잠들지 못하고
불빛같이 창을 넘어 어둠을 무너뜨리고 달려간다

지워지지 않는 그늘 1

감나무 잎이 붉게 물들면
고향집에 간다

아무도 없다. 안방에도 사랑방에도 부엌에도 외양간 누런 암소, 마루 밑 꼬리 치던 강아지도 없고 장독대 항아리만 무심히 앉아 있다. 장에 가셨던 술 취한 아버지 금방이라도 불쑥 대문을 밀치고 들어올 것 같은 집. 어린것들, 멍에에 등짐으로 지고 벼랑길도 두려워하지 않았던 아버지. 등에는 늘 땀이 눈물처럼 젖어 있었다. 아버지가 왜 술을 그리 좋아하였는지, 왜 그리 잠이 없으셨는지 나도 아버지 쓰러진 나이 되니, 알 것 같다

돌아갈 수 없는 그날
아무도 기다리지 않는 그곳에
가을볕만 내린다

지워지지 않는 그늘 2

열아홉 꽃다운 나이에 나비처럼 충청도 학골로 날아와
아들 넷 딸 둘 여섯 품고 복닥거리던
마당 넓은 집 지킴이 어머니

반찬보다 많은 혈압 당뇨 신경통, 약을 먹기 위해
식은 밥 한 덩이 김치 몇 잎 찬물 한 대접
밥상에 얹어 두고 홀로 앉아 있다

허리 굽고 다리는 휘고 바람 빠진 풍선 같던 가슴은 등에 붙어
전쟁터에서 돌아온 풀 죽은 패잔병 같다

아침이면 소나기처럼 오려나 우윳빛 젖가슴을 강아지처럼 빨던
객지 나간 자식 기다리지만, 오늘도 녹슨 대문에는 갈바람만 들락거린다

손발은 고목나무 껍질 같고 곱던 얼굴 주름은 계곡 같다
맛난 거는 언제나 자식 주고 못생기고 맛없는 것만 당신 차지였다

>

노루 꼬리보다 짧은 생 남겨 두고 뼈와 가죽만 남은 육신
자식 위하여 보약 짜듯, 여전히 자신을 비틀어 짜고 있다

저 여인도 누구의 목련꽃 같은 귀한 딸이었을 것이다
사과 같은 뺨 발그레한 꿈 많은 처녀였을 것이다
죄 없는 죄수 주인 없는 노예로 저 낮은 담장에 왜 갇혀 있나!

퍼내지 못한 슬픔을 가득 안고 차가운 밤 홀로 얼마나 길고 무서울까

아궁이에 불을 지피는 우리 어머니 눈망울엔 아직도
천 마리 사슴이 산다

가을이 오면

검버섯 피어오른 감나무잎
낙화암 궁녀인가

갈바람은 안쓰러워 두 손으로 받쳐 보지만
작은 신음마저 삼키고 말문 닫는다

저렇게 뛰어내리려
얼마나 많은 밤을 뒤척였을까
자신의 그늘이 짐이 된다고,
내 한 몸 버려야 네가 익을 수 있다고

그 사랑
맨몸으로 찬 이슬 맞는 게
애처로운지,
고추잠자리는 쉼 없이 맴돌고

눈 벌겋게 밤새워 울어 댄다

가을도 나도

너를 위하여

크리스마스이브
그녀만의
보졸레 누보*를 위해
나는
까맣게 그을린 포도송이가 되어
짧아진 햇살 속에 숨은 단맛을 줍고 있다

* 보졸레 누보: 프랑스 보졸레 지방에서 그해 수확한 포도로 만든 와인.

가을 저녁

가을을 남기고 간 사랑을
입김을 들이마신 트럼펫이 울리고
시가 흐르고 무희가 춤을 추고
성악가가 환희 가득한 사랑 노래를 한다

음악회에 들뜬 그대 바라보다
눈 마주치면 엷은 미소에 난 눈을 감는다

노래를 따라 부르다 다시 바라보면
그도, 그러하다
무슨 말 하려다 입술만 가늘게 떤다

먼 곳을 응시하다가, 고개 돌려 아물거리는
기억을 뒤척이듯 바라보고 있다

음악과 노래의 하모니가 온몸을 동여매도
들리지 않는 침묵의 순간에는
맥박 소리만 들려왔다

텅 빈 무대와 객석에 남은 그와 나는

천천히 식어 겨울로 가는
온기 아쉬운 돌이 되었다

가야 한다

밤새 한숨도 자지 않고 간다
쩍쩍 얼어붙는 겨울밤도 밀치고
눈보라 휘몰아쳐도 가야 한다

천둥 뇌성이 짐승처럼 우는 그런 캄캄한 밤에도 가야 한다

가야 한다, 기필코 바다를 찾아
때로는 비굴해 보일지라도
저 산의 가랑이 사이를 지나고
천 길 낭떠러지로 떨어지면서 가야 한다

피멍이 들고 절름발이가 되어 쓰러져도 다시 일어나 가야 한다

함께 가려는 이 누구도 뿌리치지 않는다
가는 길이 아무리 험하고 멀더라도
힘 모으려고 가장 낮은 곳으로 돌아 돌아가리라

강은 언제나 가슴을 열어 둔다
넓은 세상과 하나 되려고 너와 나 편 가르지 않으며

뿌리치는 손도 잡는다

절망 아픔은 가라앉히고
너와 내가 아니고 우리가 되려고
저 밤거리의 촛불과 물대포도 한마음 한뜻이 되자고
골짜기 물 끌어안고 깊은 바다로 가야 한다

지금도 강은
잠시도 잠시도 시들지 않고 한눈팔지 않으며
희망의 바다로 쉼 없이 노를 젓는다

고물 장수

마른 장작 같은 다리에
등 굽은 노인

고물 수레에
헌 신문지와 부서진 텔레비전을
넘치게 실었다

그의 수레에 편안히 앉아 가는
고물들, 그래도 제 몸이
몇 푼은 나간다고
거드름 떨고 있다

언덕길이 끙끙
기어오르고 있다

찻집에 가면

가끔 보고 싶다
아리다, 그때를 생각하면
돌아올 수 없는 날
다 못 한 이야기 그는 알까

그는 다 지워 버렸겠지
흔적 없이 아주아주 말갛게

바다에 가면, 숲길을 걸으면
아담한 찻집에 가면
조용히 웃던
그가 뛰어오는 거 같다

가끔 눈을 감으면 보인다

가끔 안부가 궁금하다

찻잔의 찻물도
그럴 때는 다 아프다

흑심

어느 모임 가려고 시내버스를 탔다
아이, 학생, 노인 오르고 내린다
아파트 정류장에서 농익은 여인 오르더니, 옆자리에 앉는다

이놈의 버스 정류장 서지 않고 달렸으면 좋겠다

차창 밖을 보며 속으로 세상 다 얻은 듯, 하였다

곁눈으로 슬쩍 보니 시집 한 권 들고 있었다
망설이다 물었다 시를 좋아하세요
웃긴다는 표정으로 누가 선물로 주었어요
건성으로 답을 한다

눈인사를 건네더니, 다음 정류장에서 내린다

멀리 가는 기차나 버스를 타면 늘 옆에는 남자 아니면 할머니였다
무슨 조화인가 모처럼 하늘하늘 코스모스 같은 여인이 앉았는데
두 정거장 만에 내렸다

엉큼한 내 속을 어찌 알았던 걸까

제4부

빈집

담장까지 흘러넘치던 웃음소리
훌쩍 떠난 뒤 돌아오지 않고

전화벨 요란스레 울리던
빈 마당에
허전한 바람만이 맴돈다

목 꺾인 안테나 위에서
나팔꽃이 홀로 흘러간 시간을
뒤돌아보고 있다

귀뚜라미들 울기에도
너무 늦어 버린 밤
내려앉은 달빛만이 혼자 젖는다

오도암

가파른 산길
근심을 이고 욕심을 지고
오른다

내 것이 아닌 것을 메고
헉헉거리며 오른다

법당에 풀어 놓고 엎드려
간절히 기도하니
부처님 빙그레 웃으신다

신발 신고
법당 댓돌에 나오니
빈 보따리가 먼저
일주문 나선다

그루터기

반백 년 자란 소나무
부러졌다

한번 명줄 놓아 버리니
그냥 통나무일 뿐
바람결에 비틀리고
옹이 진 상처

한 줌 재 되려고
그리 아픈 세월을
참고 또 참았나!

그동안 쌓은 정
못다 한 이야기는
어찌하라고

그 웃음과 다정한 말들
무엇부터 지워야 하나!

몇 번쯤 계절이 가고 와야
잊을 수 있나

우중의 바다

바다에 가면 나 아닌 내가 거기 있을 것 같아
허기진 마음을 데리고 바다에 간다

바람을 안고 뒤척이는 바다에
지치지 않는 그리움을 펴내어 던져 본다

그렇게 버린 슬픔과 눈물 때문에
바다는 저렇게 퍼렇게 멍이 들고 짠가 보다

흐리고 비 오는 날보다 햇살 쨍한 날이 더 많은데
왜 미움과 사랑은 밀물처럼 밀려왔다 밀려갔다 하는가

갈매기처럼 울고 싶을 때 소리 내어 울며
가고 싶은 곳으로 날아갈 수 없나
작은 배가 파도 위에서 광대같이 곡예를 한다

파도가 덮치는 갯바위에서
나는 눈을 감고 바다를 본다

나를 버리고 너를 갖고 싶은 나를 본다

빈자리

설날 고향 갔더니
사랑방 헛기침하시던 울 아버지
어디 가시고

부엌에서 아들 좋아하는
떡만둣국 두부찌개 들기름 바른 김과 간고등어 숯불에 구워 놓고
아이구 이제 오나 들어가자
반기던 울 엄마도
어디 가시고

왁자지껄 웃음소리 울리던 대청마루 고요하다

뜰에 눈 덮인
장독만이 말없이 나를 기다리고

댓돌 위
하얀 고무신 자리엔
아련한 그리움만 어린다

누이

둥글고 환한 달빛이 어둠을 무너뜨릴 때
사내는 바람처럼 찾아와
등불의 심지를 지우곤 했다
세월은 강물처럼 흘러
봄 여름 가고
스산한 가을 언덕에 누워 산그림자를 붙잡고 있다

물결처럼 연하던 속살은 고목 등짝 같고
펑퍼짐한 엉덩이는 바위처럼 무겁다

때로는 하늘로 기어오르려 버둥거려도 본다

오늘은 기어이 사내를 찾아 떠난다고
밤새 봇짐 메었다 풀었다 하면서
불어오는 갈바람에 허기진 가슴 걸어 놓고
눅눅한 마음 바싹 말려 본다

뙤약볕에 그리 간절하게 달구어야
노을빛 물드는지

>

가라앉은 앙금 아직 버리지 못해
길섶에서 사내의 흔적을 찾고 있는
누런 호박 내 누이

어느 가을날

지인의 초대로 달려간 시골 문화회관 공연장 입구
상큼한 미소로 안내하는 그녀

정말 오랜만에 우연히 만났다

잊은 줄 알았는데, 지워졌을 줄 알았는데
준비된 이별 거기까지, 그쯤인 걸 알기에

할 말이 생각나지 않아 건강하지요?
처음 만난 그날보다 더 어색한 웃음만 지었다

그날이 아득한데 어제같이 다가온다

얼마큼의 날들이 지나야 보이지 않는 흔적들이
구름같이 흩어지려나

공연이 끝나기 전 서둘러 나올 때
살짝 웃으며 차라도 한잔 하고 가라 하였다

바로 볼 수 없어 바빠 가야겠다며 도망치듯 왔다

마음은 단풍보다 더 붉게 허둥거렸다

나도 모르는 내 안에 아직 그가 있었네

첫눈

빈 뜰에
가느다란 떨림으로 내려앉는다
모든 것들을 다 내어 주고
잠시라도
그대 앞에 서고 싶어
새벽 언 길을 달려왔다

만남이
어긋난 허상의 조각으로 사라진다 하여도
비켜선 추억의 길은 다 묻어 두고
아무도 가지 않은 순백의 대지 위에

그대의 첫 발자국이 되고 싶다

장독

맛 내려면
땡볕에도 숨죽여야 해

수라상 오르는 장 되려면
독하고 독해야 해

짠 소금물 안고 있어야
독다운 독이 되는 거지

천이백 도 토굴도
견뎌 내고서도
그 무엇을 더 얻으려면

저 독같이 독해야 해

살다 보면

살다 보면

아플 때도 있다 쥐어박고 싶을 때도 있다 엉엉 울고 싶을 때도 있다 훌쩍 떠나고 싶을 때도 있다 죽을 만큼 그리울 때도 있다 하고 싶은 말 다 못 할 때 있다 참지 못할 때도 있다 후회할 때도 있다 미안할 때도 있다 손해 볼 때도 있다 덕 볼 때도 있다 좋은 날도 있다 보지 않아야 할 거 볼 때도 있다 외면할 때도 있다 너무 힘들 때도 있다 웃을 때도 있다

다 살아 있을 때 가능한 일이다

하목정*

하목루 마룻장 위에 초석 한 잎 펴고
찻상에 국화차 따라 놓고
노을과 마주 앉아
내 마음같이 달아오른 강물을 부른다

세월을 외면한 싸리 기둥 뒤엔
백일홍 붉은 웃음이 맴돌고
뜰 안에는 천년 학 고요한 미소가 무겁게 앉아 있다

하얀 문종이 바른 서실에서
시를 읊는 소리가 물안개처럼 번지면

가야산 노을이
빈 나루터 위로 도둑처럼 기어 온다

* 하목정: 달성군 하빈면 낙동강 강변에 있는 노을이 아름다운 정자.

감은사 삼층석탑

동쪽 바다 건너
먹어도 먹어도 배고픈
굶주린 살쾡이가 산다.

이들을 막아 보려고
후려치는 파도와 거친 바람 견디며
찬 바다에 홀로 있는
대왕암

그를 위해
천년을 눈물보다 짠
해풍 맞으며
합장하고 서 있다

강각*

절벽 아래
분강 물소리 밤을 지새운다
저리 여름밤을
꼬박 새우며 가슴 끓이는 이유
무엇인가
모두 두고 가야 하는, 신음인가
기다리다 기다리다
숨넘어간다는
고함인가
얼마만큼 세월 가야
농암이 될 수 있나

* 강각: 안동에 있는 농암종택의 누각.

향일암

아득한 절벽에 금빛 가사 걸치고 앉아 있는 향일암
그 뜰에 조아리고 있는 동백나무
생불 아닌가?

풍경 소리에 뚝뚝 떨어지는 동백 꽃송이는
누구의 눈물인가?

찬비에 흠뻑 젖어 붉은 입술 가늘게 떨면서도 소리 없이
미소를 보내온다

눈인사도 하지 못하고 산문 밖 나서니
한참을 따라와 말없이 손을 내민다

봄비 내리고 그리움이 물안개처럼 스며오는 날
다시 와 달라며
그렁거리는 눈망울만 깜빡인다

그가 처음 내 속에 피어날 때
밀려왔던 그 추억들이, 봄날 비 되어 다시 오면
나는 어쩌나, 이미 동백 피는데

끽다거喫茶去

찻상에 다식을 놓고
화병에 다화를 꽂는다
찻물 끓여 차를 우리고
찻잔을 데워 좋은 벗과 마주 앉아
차를 마신다
입안 차향이 마음으로 번지면
눈을 감고 그 길을 따라가 본다
차향에 어울리는 말을 하고
찻잔같이 따뜻한 정을 나누어야지
차향이 옅어지기 전에 자주 봐야지
귀한 이에게는 차를 대접해야지
차나무 한 그루 내 마음에 심어
차나무 아래
찻집 하나 지어야지

유통기한

우유도 통조림도 유통기한 있다

계절도 사람도 유통기한 있다

사랑도 분명 유통기한 있을 텐데
알 수가 없다

누구를 만나더라도 제일 잘 보이는 곳에
유통기한 표시부터 하자

순이는 오 년, 석이는 칠 년

유통기한 지난 건 아쉬워도 치워 버리자

우리 공주 시집간다네

1988년 7월 25일 오후 부부산부인과에서 아내는 머리카락은 새카맣고 얼굴은 뽀얀 공주를 얻었다. 배만 부르면 잘 자고, 잘 웃고, 순하고 선하게 눈을 맞추며 콩나물같이 자랐다. 뒤집고 배밀이하고, 기고, 뒤뚱뒤뚱 걷고, 까르르 소리 내어 웃고, 예쁘고 예쁘게 웃음을 주었다. 두 발을 손바닥에 올려놓고 따로따로 하며 서기도 하고, 무등 타던 우리 집 마스코트. 초등 중등 고등 대학 대학원 또 대학원 직장 무얼 물어도 무엇을 부탁해도 친절하게 알려 주고 사다 주는 나의 천사. 잠시 뚝딱뚝딱하면 맛깔스럽게 요리 잘하는 특급 요리사 엄마와 이모도 친구같이 사촌 형제까지 알뜰히 살피고 잘 지내는 우리 복덩이 시집을 간다고 하네. 이 일을 어쩌나! 웃어야 하나 울어야 하나, 참 환장하겠다. 결혼 날짜는 왜 그리 달려오나 예비 사위 처음 보는 날 각서 하나 받아 놓았다. 잠시라도 힘들게 하면 내 가만히 있지 않겠다. 둘은 둥지를 짓느라 바쁘다 비 올 때나, 눈 올 때나 늘 두 손 꼭 쥐고 날아라. 저 파란 가을 하늘

사랑하는 그대

그대와 가파른 산길을 함께 걷는 사람이
나였으면 좋겠습니다

그대에게 기쁨과 슬픔이 잔물결 치는 깊은 속마음도
털어놓는 사람이 나였으면 좋겠습니다

그대와 아름다운 꽃을 보며 기쁨에 겨워 함께 미소 짓는 사람이
나였으면 좋겠습니다

꽃바람 봄바람 향기 유혹에도 절대로 넘어가지 않도록 당신의
지킴이가 나였으면 좋겠습니다

나의 좁은 세상과 그대의 넓은 세상을
함께하는 사람이 나였으면 좋겠습니다

비록 하늘이 무너질지라도 영원히 변치 않는 자랑스러운
나의 친구였으면 좋겠습니다

>

차가운 칼바람에도 휘몰아치는 태풍에도 흔들리지 않는
그대의 튼튼한 기둥이 나였으면 좋겠습니다

봄 오는 길목에서

벚꽃이 눈처럼 쏟아지는 날 그 공원 흐드러진 꽃길을 혼자 걷는다. 꽃비 흩날리던 어느 봄날 꽃길 걷다가 돌아서서 마주 보며 할 말이 있다 하더니, 좋아한다고 오래 아주 오래 처음 본 날부터 그랬다는 그 한마디, 눈을 맞추며 말할 때 나는 나비처럼 춤추고 꽃잎같이 달아올랐다. 싫어서도 아닌 나는 얼뚱얼뚱 뭐라 하였어요? 그 한마디 하고 답을 못 하였다. 그날이 아득한데 계절이 오고 갈 때는 잘 있냐고, 꽃이 핀다고, 꽃 장마가 진다고, 단풍이 곱게 물들었다고 첫눈이 온다고 문자가 온다. 그 어느 날 맹장 수술 하여 입원했는데 면회도 안 오냐 하여 꽃바구니 들고 가니, 환자복에 맨얼굴로 링거대 밀고 나와 휴게실에서 수줍은 얼굴로 그런다고 진짜 왔어요? 하며 하얀 목련같이 웃던 그 사람. 백일장에서 대상을 받아 상금 타고 시인 되어 한턱내겠다고 비 내리는 호숫가 레스토랑 창가에서 이름도 어려운 스테이크와 차를 앞에 놓고 그 시를 읽으며 얼굴 붉히던 사람. 늦은 나이에 박사 논문 가져와 장하다 말해 주고 축하해 달라며 아이같이 울던 사람. 머리 단발로 자르고 누가 신민아 같다고 진짜로 그랬다며 전화하며 보고 싶지요? 궁금하지요? 그래도 창피해서 안 돼요. 그러던 사람. 처음 문자 보내고 전화하여 왜 답하지 않느냐고 항의하던 사람. 문자 끝에 늘 하트를 덤으로 보태던 사람. 하루만이라도 같이 살고 싶어요. 하던 사람. 그리우면 문자 하고, 그래도 생각나면 전화하고, 그래도 그리운 밤에는 신문 사설을 읽는, 그래도 그립고 그리우면 달려가면 되쥬? 하던 사람 혼자 웃는다. 정말 맑디맑고 환한 사람. 바보같이 착하고 아이같이 여린 사람. 사랑 같지 않은 사랑 꽃잎같이 잠시 머물렀던 사람. 꽃비가 내릴 때마다 나는 열병을 앓고

오월은 그림자를 남긴다

흔들리느니, 차라리 부러지겠다
한눈을 판다면 내 눈을 내가 찌르겠다

돌아가느니, 절벽을 오르겠다

망월동의 오월
꽃 진 자리 피멍 감추려
아카시아 진한 분 내음 뿌려 댄다

그 울음 잊지 않으려
푸른 보리밭은 온몸으로 파도친다
인생 가는 길, 왕복표는 없다

그 그림자만 남아 있을 뿐

아프다, 지구 별이

우주에 수많은 별 중, 지구 별은 고열로 펄펄 끓고 있다

자동차 배기가스와 공장에서 뿜어내는 매연으로 남극 빙하가 아이스크림같이 녹아 사라지고 지구 별 곳곳이 홍수와 가뭄 산불로 아프다. 세제 거품이 흐르는 강에 등 굽은 물고기가 배영을 하고 들에는 농약에 중독된 농작물들이 비틀거린다. 집집마다 창을 닫고 공기청정기를 돌리고 택배원은 먹는 물 배달하느라 헉헉거린다

폐기물 먹고 만삭인 산 오물에 잠긴 강은 사색이다. 인간은 모든 생명체를 죽이는 생화학 무기와 핵무기를 만드느라 경쟁이다. 새와 물고기가 떠나고 맑은 물 신선한 바람까지 사라지는 별. 이념도 종교도 색깔이 달라도 함께 지구 별을 살려야 너도 살고 나도 살 수 있다. 우리의 모든 것 지구 별 살려 내야 한다

지구 별 중환자다. 지구 별 얼마나 버티겠나

해 설

사랑의 일

차성환(시인, 한양대 겸임교수)

김형범 시인은 사랑의 꽃밭을 가꾼다. 꽃 한 송이에서 한 사람의 굴곡진 인생을 떠올린다. 그들 각자가 자신의 영토 위에서 온몸을 걸고 피워 올린 것이 바로 꽃이다. 그리고 이 꽃은 사랑의 이름으로 불린다. 고작 작은 한 송이의 꽃에 불과해 보이지만 그 속에는 우리 인생이 품은 온갖 희로애락이 다 담겨 있다. 온 생애를 거치고 거쳐서 결국 남은 것은 사랑으로 요동치는 뜨거운 꽃 한 송이이다. 시인은 그의 인생을 살아오면서 지금까지 만나고 경험한 모든 사람들에게서 이 꽃을 발견한다. 내가 그들을 통해 배운 것이 사랑이었다는 것을 깨닫는다. 그렇기에 시집 『내 꽃밭을 누가 흔드는가』는 김형범 시인이 그동안 배우고 깨우치고 일궈 온 사랑의 내밀한 기록이다.

부끄럽다

백 년을 살지 못하는 하루살이의 삶들이
미워하고 질투하고 화내며
너무 쉽게 사랑한다, 다짐했다가

가시 돋친 작은 말 한마디에
금시 마음 휙! 변하는데

일억 사천만 년 동안 그 자리 의연히 지키고 앉아
잠시 머무르는 맨발의 철새에게도
늘 푸근한 미소로 맞아 주는 우포늪

작은 풀 이끼 하나도 끔찍하게 보듬는
진정 천사 같은 어머니

고된 발 씻겨 줄
그분이 여기서 기다리고 계셨네

—「우포늪에서」 전문

삶은 영원하지 않다. 생명을 가진 존재는 상대적인 차이만 있을 뿐 거대한 우주의 시간으로 본다면 잠깐 명멸明滅했다 사라지는 "하루살이"와 같다. 인간 또한 "백 년을 살지 못하는 하루살이의 삶"이지 않을까. 그 짧은 시간 안에 우리가 하는 일들은 "미워하고 질투하고 화내며/ 너무 쉽게 사랑한다, 다짐"하는 것이다. 그 "사랑"의 "다짐"도 "가시 돋친 작은 말 한마디에/ 금시 마음 휙! 변하"고 만다. 방금 사랑을 고백한 입술로 다른 말을 한다. 이에 반해 "우포늪"은 어떠한가. 인간의 생애와는 비교할 수 없는 "일억 사천만 년 동안" 한자리를 "의연히 지키고 앉아" 있다. "우포늪"은 한 계절 잠깐 찾아오는 "맨발의 철새에게도/ 늘 푸근한 미소로 맞아" 준다. 작은 미물인 "풀 이끼 하나"조차도 허투루 다루지 않고 "끔찍하게 보듬"는다. 그곳에 서식하는 온갖 식물과 동물을 생각하면 "우포늪"은 대자연의 "어머니"라는 소리가 절로 나올 지경이다. 사람들도 "우포늪"에 와서 대자연의 포근함과 아름다움을 경험한다. 자신을 찾아오는 모든 생명들의 "고된 발"을 씻겨 주고 보듬어 안아 주는 "우포늪"이야말로 진정으로 "사랑"을 실천하는 존재이다. 이 시의 첫 머리에 "부끄럽다"는 고백에서 보듯이, 아마도 시인은 인간 세계에서의 "사랑"이 서로에게 너무 쉽게 상처 주고 서로를 배반하는 일들로 채워져 있기에 회의감이 들었을 것이다. 그는 말로만 "사랑"이 아닌 진정한 "사랑"을 찾기 위해서 오랫동안 방황했을 것이다. 그 오랜 방황과 사유의 끝에 시인은 우리 인간이 배워야 할 사랑이 "우포늪"에 있다는 것을 깨닫는다. 그리고 또 하나 짚고 넘어가야 할 것이 "우포늪"이 가진 큰 사랑의 근원은 바로 "어머니"와 연결되어 있다는 사실이다.

열아홉 꽃다운 나이에 나비처럼 충청도 학골로 날아와

아들 넷 딸 둘 여섯 품고 복닥거리던
마당 넓은 집 지킴이 어머니

반찬보다 많은 혈압 당뇨 신경통, 약을 먹기 위해
식은 밥 한 덩이 김치 몇 잎 찬물 한 대접
밥상에 얹어 두고 홀로 앉아 있다

허리 굽고 다리는 휘고 바람 빠진 풍선 같던 가슴은 등에 붙어
전쟁터에서 돌아온 풀 죽은 패잔병 같다

아침이면 소나기처럼 오려나 우윳빛 젖가슴을 강아지처럼 빨던
객지 나간 자식 기다리지만, 오늘도 녹슨 대문에는 갈바람만 들락거린다

손발은 고목나무 껍질 같고 곱던 얼굴 주름은 계곡 같다
맛난 거는 언제나 자식 주고 못생기고 맛없는 것만 당신 차지였다

노루 꼬리보다 짧은 생 남겨 두고 뼈와 가죽만 남은 육신
자식 위하여 보약 짜듯, 여전히 자신을 비틀어 짜고 있다

저 여인도 누구의 목련꽃 같은 귀한 딸이었을 것이다

사과 같은 빰 발그레한 꿈 많은 처녀였을 것이다
죄 없는 죄수 주인 없는 노예로 저 낮은 담장에 왜 갇혀 있나!

퍼내지 못한 슬픔을 가득 안고 차가운 밤 홀로 얼마나 길고 무서울까

아궁이에 불을 지피는 우리 어머니 눈망울엔 아직도
천 마리 사슴이 산다

—「지워지지 않는 그늘 2」 전문

"어머니"는 "아들 넷 딸 둘"을 출가시키고 남편도 여읜 채 "마당 넓은 집"을 홀로 지키고 있다. "맛난 거는 언제나 자식 주고 못생기고 맛없는 것만 당신 차지"던 "어머니"는 이제 "뼈와 가죽만 남은 육신"을 붙들고 있다. 자신을 위한 삶을 살아도 될 테지만 지금도 "객지 나간 자식"을 기다린다. 앙상한 몸에 "자식"을 위해 무언가 더 해 줄 수 있다는 생각으로 "여전히 자신을 비틀어 짜고 있"는 것이다. "어머니"는 결혼하고 자식을 낳고 살기 전에 "누구의 목련꽃 같은 귀한 딸"이었을 텐데 지금은 "혈압 당뇨 신경통"에 "손발은 고목나무 껍질 같고 곱던 얼굴 주름은 계곡 같다". "자식"을 위해서는 "죄 없는 죄수 주인 없는 노예"처럼 자신을 헌신한다. 이렇게 "자식"을 위한 일이라면 아낌없이 자신의 골수라도 빼 주는 "어머니"의 사랑은 일반적인 이해의 영역에서 벗어난다. "어머니"는 "자식"을 볼 수 없기에 "퍼내지 못한 슬픔을 가득 안고

차가운 밤 홀로" 보내지만 아직도 "자식"을 위한 마음으로 남은 생을 살아간다. 그것은 자식을 위한 고통스러운 헌신으로 보이지만 "어머니"에게는 오히려 큰 사랑의 기쁨이 될 수 있다. 마지막 연에서 보듯이, "아궁이에 불을 지피는 우리 어머니 눈망울"에는 "천 마리 사슴"이 살 정도로 맑고 투명한 사랑의 눈빛을 잃지 않는다.

시인은 진정한 사랑의 참뜻을 '어머니'의 품에서 보고 배웠을 것이다. 이제는 사라진, "부엌에서 아들 좋아하는/ 떡만둣국 두부찌개 들기름 바른 김과 간고등어 숯불에 구워 놓고/ 아이구 이제 오나 들어가자/ 반기던 울 엄마"에 대한 "아련한 그리움"(「빈자리」)을 고백한다. '어머니'라는 존재는 자신을 위하기보다는 그 자체로 다른 존재를 섬기는 사랑의 현현顯現이다. 우리의 "고된 발 씻겨 줄/ 그분"(「우포늪에서」)이다. 그는 '어머니'에게서 사랑의 자세를 배운다. 시집 『내 꽃밭을 누가 흔드는가』는 제목에 걸맞게 개별 시편에 무수한 꽃의 이름과 그에 맞는 사연이 등장한다. 이러한 꽃의 군락을 형성하게 만든 최초 모티프motif는 분명 '어머니'라는 꽃일 것이다.

낯선 도시 보도블록 위에서
꿈을 찾아 캄캄한 밤을 보냈다

남루한 몸 하나 뉠 수 없는 차가운 담장 아래
밟히고 차이며 나는 누구를 밀쳐야
이 질긴 어둠 건널 수 있나

봄날 이 넓은 세상
허기진 배 찬 이슬로 채우며
손가락이 부르트도록 마른땅 헤집는다

첫 숨 밀어 올리며
담장 위를 걷던 고양이의 앙칼진 밤에
별빛 속에 지친 몸 누이면
당신의 목소리가 보인다

슬플 때는 슬피 울어 다 게워 내라고
노란 민들레 보도블록 틈새 비집어
바지랑대 같은 꽃대 하나
기어이 밀어 올린다

—「민들레」 전문

여기 도심 한복판에 지나가는 사람이 아무도 거들떠보지 않는 "민들레" 하나가 피어 있다. 시인은 이 "민들레"에서 어떤 생生의 의지를 발견한다. "민들레"는 어떠한 시련도 없이 그냥 꽃으로 존재하는 것이 아니다. "민들레"의 씨앗은 양지바른 흙 위가 아니라 "보도블록 위에" 떨어져 "캄캄한 밤"을 보낸다. "이 질긴 어둠"과 싸우고 "허기진 배 찬 이슬로 채우며/ 손가락이 부르트도록 마른땅 헤집는다". 과연 보도블록의 깨진 틈에서 자신의 몸을 틔어 올리는 "민들레"의 생명력은 위대하다. 그러나 "민들레"의 탄생은 단순히 이 땅 위에

자기 자신을 실현시키기 위한 것이 아니다. 안간힘을 다해 "첫 숨 밀어 올리"는 이유는 바로 "당신의 목소리" 때문이다. "별빛 속에 지친 몸 누이"고 "슬플 때는 슬피 울"면서 고통스러운 삶을 견뎌 내는 것은 "당신"을 위한 하나의 "꽃대"가 되기 위해서이다. 그것은 "당신"을 향한 사랑의 힘이다. "보도블록 틈새"를 비집고 "바지랑대 같은 꽃대 하나/ 기어이 밀어 올"리게 하는 힘은 "당신"에게서 비롯한다. '나'의 온 생애를 "당신"에게 향할 때 '나'는 기어코 살아갈 수 있다.

김형범 시인은 소박한 '민들레'에서 진정한 사랑의 힘을 깨닫는다. 그는 '민들레'뿐만 아니라 다양한 꽃들을 세밀하게 관찰하면서 인생과 사랑의 의미를 탐구한다. 그들 꽃 하나하나에 우리의 인생이 담겨 있으며 그 각자의 삶 한가운데에 궁극적으로 타인을 향한 사랑이 작동하고 있다는 생生의 진실을 밝히 보여 준다. "내 안에 나보다 더 깊숙이 자리한 그대/ 그리움의 무게가 말도 못 할 만큼 아파도/ 아무렇지 않은 척 밀어 올리는 상사화 꽃대"(「꽃대를 밀어 올리는 밤」)라는 시구와 같이, 시인 스스로 누군가를 향한, 하나의 간절한 '꽃대'가 되기 위해 사랑을 노래한다.

동백꽃 같기도 장미꽃 같기도 한 명자꽃
목련 개나리 산수유 지고 나면 조용히 피는 명자꽃

밤새 휘몰아치는 바람에
여린 꽃잎은 속절없이 꺾였다

세상 끝까지 갔다 울지도 못하고
날 수도 없는 새가 되어 돌아온 명자 누이

개구리울음 한창일 때
줄 끊어진 연처럼 날아
초저녁 시린 별이 되었다

—「명자꽃」 전문

시인은 "명자꽃"을 바라보면서 같은 이름을 가진 "명자 누이"를 연상한 듯하다. 봄날의 선두에 서서 화려하게 핀 "목련 개나리 산수유"가 다 지고 나서 "조용히 피는 명자꽃"과 같이, "명자 누이"도 사람들에게 먼저 자신을 드러내지 않는 수수한 사람이었을까. "밤새 휘몰아치는 바람에/ 여린 꽃잎은 속절없이 꺾였다"라는 표현에서 "명자 누이"가 일찍 세상을 떠났다는 것을 조심스럽게 추측할 수 있다. 꽃도 사람도 한번 태어나면 때가 다를 뿐 결국 죽음으로 스러진다. 그러나 죽음으로 모든 것이 끝나지 않는다. 이 땅 위에 조용히 피었다 간 "명자꽃"을 기억하는 누군가가 있다면 "명자꽃"은 허무하게 사라지지 않고 "줄 끊어진 연처럼 날아/ 초저녁 시린 별"이 되는 것이다. '나'에게는 그렇게 가슴속에 영원히 각인된 "별"이 되어서 "명자꽃"은 살아남는다. "세월이 가고 가도/ 너의 흔적/ 옹이처럼 안고 있"(「칠판」)는 것이 사랑이다.

김형범 시인은 인생에 대해 다음과 같이 말한다. "가도 가도 닿을 수 없는 칠흑 같은 밤/ 살아가야 할 이유를 찾아 헤맨다// 산다는 것은, 늘 제 살을 도려내는 일"(「바다」). "한파 몰아치는 벼랑 끝에 서서도/ 너털웃음 지으며/ 천 근 같은 삶 홀로 지고 발버둥 친다"(「가시고기」). 인생은 고해苦海, 괴로움으로 끝이 없는 바다와 같다 하지 않았는가. 그 속에서 인간은 "채우면 비우고/ 비우면 빈자리만큼 또 채"우며 "쉼 없이 도는" "물레방아"처럼 "굽은 등짝 누르는/ 생의 무게"(「물레방아」)에 허우적거린다. 공수래공수거空手來空手去라는 말이 있듯이, 아무것도 쥔 것 없는 빈손으로 와서 빈손으로 다시 떠나는 것이 우리 인생이다. 이 허무의 쳇바퀴에서 우리는 어떻게 살아갈 것인가. 시인은 우리를 구원할 수 있는 유일한 사건이 바로 사랑이라고 강조한다. 사랑은 누군가를 내 가슴에 심고 꽃을 피우는 일이다.

바람 순한 날 꽃 한 송이 피워 보려고
고운 햇살 내릴 때
실한 씨앗 하나 골라 가슴에 묻고 싹을 틔웠다

나의 모든 것을 갉아 주춧돌을 놓고
기둥을 세우고
작은 집 하나 지었다

어느 날 돌개바람 태풍이 일고
소낙비에 작은 꿈마저 조각조각 부서지고

구멍 난 마음은

움켜쥘 수 없는 물이 되어 물살 따라 흘러 흘러갔다

타인, 그는 소중한 타인임을

이제야 알았다.

—「누가 내 꽃밭을, 흔드는가」 전문

영원한 사랑의 약속은 지키기 힘든 일이다. 누군가를 가슴속에 심고 "꽃 한 송이"를 피워 보려고 하지만 이룰 수 없는 사랑도 있는 법이다. "꽃 한 송이"를 위해서 "나의 모든 것을 갉아 주춧돌을 놓고/ 기둥을 세우고/ 작은 집 하나" 짓더라도 험한 "돌개바람 태풍"에 한순간에 무너질 수 있다. "씨앗"을 "가슴"에 묻는 행위는 사랑하는 누군가의 이름을 가슴에 새기는 일이다. 그 사랑은 "구멍 난 마음"으로 사라져 끝끝내 이루지 못할 수 있지만 그 자체로 더없이 고귀하고 소중하다. 내 "가슴"에 나보다 더 "소중한 타인"을 들여놓는 일이 곧 사랑의 일이기 때문이다. 그렇기에 시인은 자신의 가슴에 사랑하는 가족과 친구와 인연을 "꽃밭"으로 만들어 혼신을 다해 일구는 것이 아닐까. 그에게는 이 "꽃밭"을 더없이 소중하게 지키는 것이 지상명령이다. 그의 시詩는 가슴에 핀 꽃들의 이름을 불러 주고 기억하는 데에 바쳐진다. "어느 날 뜨거운 바람이/ 눅눅한 내 가슴에 들어와/ 시들지 않는 꽃 한 송이 피워 올렸다"(「사랑해서 미안해」)고, 또 "그대는 어느 봄날/ 나의 빈 정원에 환한 햇살로 다가와/ 메마른 가지에 잎을 틔우고 꽃을 피워 주었습니다"(「가인」)라고 자신에게 일어난 사랑의 역사를 고백한다.

그대와 가파른 산길을 함께 걷는 사람이
나였으면 좋겠습니다

그대에게 기쁨과 슬픔이 잔물결 치는 깊은 속마음도
털어놓는 사람이 나였으면 좋겠습니다

그대와 아름다운 꽃을 보며 기쁨에 겨워 함께 미소 짓는 사람이
나였으면 좋겠습니다

꽃바람 봄바람 향기 유혹에도 절대로 넘어가지 않도록 당신의
지킴이가 나였으면 좋겠습니다

그대는 나의 좁은 세상을 나는 그대의 넓은 세상을
함께하는 사람이 나였으면 좋겠습니다

비록 하늘이 무너질지라도 영원히 변치 않는 자랑스러운
나의 친구였으면 좋겠습니다

차가운 칼바람에도 휘몰아치는 태풍에도 흔들리지 않는

그대의 튼튼한 기둥이 나였으면 좋겠습니다

—「사랑하는 그대」 전문

시인은 "그대와 가파른 산길을 함께" 걷고 "기쁨과 슬픔"도 함께 나누고자 한다. "꽃바람 봄바람 향기"처럼 다른 좋은 것이 "유혹"하더라도 "당신" 곁을 늘 지키고 "당신"과 더불어 "세상"을 함께 나누고자 하는 꿈이 있다. "당신"은 "영원히 변치 않는 자랑스러운/ 나의 친구"가 되고 '나'는 "차가운 칼바람에도 휘몰아치는 태풍에도 흔들리지 않는/ 그대의 튼튼한 기둥"이 되는 것이 유일한 소원이다. "내 안에 늘 그대가 있다"(「비가 내리는 날은」)는 믿음이 사랑을 가능하게 한다. 험한 인생길에 서로에게 변함없이 늘 든든한 동행자가 되어 주는 것이 진정한 사랑의 일이다. 언젠가 우리는 죽음에 이르겠지만 이 '사랑'의 일로 어떤 죽음도 두렵지 않을 것이다.

김형범 시인의 시집 『내 꽃밭을 누가 흔드는가』는 사랑하는 그대에게 보내는 가슴 절절한 연서戀書이다. 그가 오래 가슴 속에 묵혀 두었던 사랑의 밀어密語들이 새겨져 있다. "회오리 같은 마음/ 그대 불길 속에 뛰어들어/ 부스러기 하나 없이 타고 싶다"(「달빛이 구름 사이를 지날 때」). 이 뜨거운 사랑의 온도가 우리의 가슴 한복판에 꽃 한 송이를 밀어 올린다. 이 시집을 읽는 독자들에게도 당신도 누군가의 아름다운 꽃이라는 사실을 나지막이 일러 준다. "그대는 꽃입니다/ 무슨 꽃인지는 말할 수 없습니다/ 지금도 쉼 없이 피고 있습니다"(「꽃」). 이렇듯 사랑이란 서로가 서로의 가슴속에 꽃을 피우는 일이다.

"벚나무 마른 가지 꽃 피우는 것은/ 누구에게 라도 웃어 주라는/ 환한 사랑의 몸짓입니다"(「화해」). 이 사랑의 꽃밭에서 우리는 눈을 마주치며 오래도록 서로의 손을 잡고 있으리라.

천년의시인선

0001 **이재무** 섣달 그믐
0002 **김영현** 겨울 바다
0003 **배한봉** 黑鳥
0004 **김완하** 길은 마을에 닿는다
0005 **이재무** 벌초
0006 **노창선** 섬
0007 **박주택** 꿈의 이동 건축
0008 **문인수** 홰치는 산
0009 **김완하** 어둠만이 빛을 지킨다
0010 **상희구** 숟가락
0011 **최승헌** 이 거리는 자주 정전이 된다
0012 **김영산** 冬至
0013 **이우걸** 나를 운반해온 시간의 발자국이여
0014 **임성한** 점 하나
0015 **박재연** 쾌락의 뒷면
0016 **김옥진** 무덤새
0017 **김신용** 부빈다는 것
0018 **최장락** 와이키키 브라더스
0019 **허의행** 0그램의 시
0020 **정수자** 허공 우물
0021 **김남호** 링 위의 돼지
0022 **이해웅** 반성 없는 시
0023 **윤정구** 쥐똥나무가 좋아졌다
0024 **고 철** 고의적 구경
0025 **장시우** 섬강에서
0026 **윤장규** 언덕
0027 **설태수** 소리의 탑
0028 **이시하** 나쁜 시집
0029 **이상복** 허무의 집
0030 **김민휴** 구리종이 있는 학교
0031 **최재영** 루파나레라
0032 **이종문** 정말 꿈틀, 하지 뭐니
0033 **구희문** 얼굴
0034 **박노정** 눈물 공양
0035 **서상만** 그림자를 태우다
0036 **이석구** 커다란 잎
0037 **목영해** 작고 하찮은 것에 대하여
0038 **한길수** 붉은 흉터가 있던 낙타의 생애처럼
0039 **강현덕** 안개는 그 상점 안에서 흘러나왔다
0040 **손한옥** 직설적, 아주 직설적인
0041 **박소영** 나날의 그물을 꿰매다
0042 **차수경** 물의 뿌리
0043 **정국희** 신발 뒷굽을 자르다
0044 **임성한** 이슬방울 사랑
0045 **하명환** 신新 브레인스토밍
0046 **정태일** 딴못
0047 **강현국** 달은 새벽 두 시의 감나무를 데리고
0048 **석벽송** 발원
0049 **김환식** 천년의 감옥
0050 **김미옥** 북쪽 강에서의 이별
0051 **박상돈** 꼴찌가 되자
0052 **김미희** 눈물을 수선하다
0053 **석연경** 독수리의 날들
0054 **윤순영** 겨울 낮잠
0055 **박천순** 달의 해변을 펼치다
0056 **배수룡** 새벽길 따라
0057 **박애경** 다시 곁에서
0058 **김점복** 걱정의 배후
0059 **김란희** 아름다운 명화
0060 **백혜옥** 노을의 시간
0061 **강현주** 붉은 아가미
0062 **김수목** 슬픔계량사전
0063 **이돈배** 카오스의 나침반
0064 **송태한** 퍼즐 맞추기
0065 **김현주** 저녁쌀 씻어 안칠 때
0066 **금별뫼** 바람의 자물쇠
0067 **한명희** 마른나무는 저기압에가깝다
0068 **정관웅** 바다색이 넘실거리는 길을 따라가면
0069 **황선미** 사람에게 배우다
0070 **서성림** 노을빛이 물든 강물
0071 **유문식** 쓸쓸한 설렘
0072 **오광석** 이계견문록
0073 **김용권** 무척
0074 **구회남** 네바강의 노래

0075 **박이현** 비밀 하나가 생겨났는데
0076 **서수자** 아주 낮은 소리
0077 **이영선** 도시의 풍로초
0078 **송달호** 기도하듯 속삭이듯
0079 **남정화** 미안하다, 마음아
0080 **김젬마** 길섶에 잠들고 싶다
0081 **정와연** 네팔상회
0082 **김서희** 뜬금없이
0083 **장병천** 불빛을 쏘다
0084 **강애나** 밤 별 마중
0085 **김시림** 물갈퀴가 돋아난
0086 **정찬교** 과달키비르강江 강물처럼
0087 **안성길** 민달팽이의 노래
0088 **김숲** 간이 웃는다
0089 **최동희** 풀밭의 철학
0090 **서미숙** 적도의 노래
0091 **김진엽** 꽃보다 먼저 꽃 속에
0092 **김정경** 골목의 날씨
0093 **김연화** 초록 나비
0094 **이정임** 섬광으로 지은 집
0095 **김혜련** 그때의 시간이 지금도 흘러간다
0096 **서연우** 빗소리가 길고양이처럼 지나간다
0097 **정태춘** 노독일처
0098 **박순례** 침묵이 풍경이 되는 시간
0099 **김인석** 피멍이 자수정 되어 새끼 몇을 품고 있다
0100 **박산하** 아무것도 묻지 않았다
0101 **서성환** 떠나고 사라져도
0102 **김현조** 당나귀를 만난 목화밭
0103 **이돈권** 희망을 사다
0104 **천영애** 무간을 건너다
0105 **김충경** 타임캡슐
0106 **이정범** 슬픔의 뿌리, 기쁨의 날개
0107 **김익진** 사람의 만남으로 하늘엔 구멍이 나고
0108 **이선외** 우리가 뿔을 가졌을 때
0109 **서현진** 작은 새를 위하여
0110 **박인숙** 침엽의 생존 방식
0111 **전해윤** 염치, 없다
0112 **김정석** 내가 나를 노려보는 동안
0113 **김순애** 발자국은 춥다
0114 **유상열** 그대가 문을 닫는 것이다
0115 **박도열** 가을이면 실종되고 싶다
0116 **이광호** 비 오는 날의 채점
0117 **박애라** 우월한 유전자
0118 **오충** 물에서 건진 태양
0119 **임두고** 그대에게 넝쿨지다
0120 **황선미** 길의 끝은 또 길이다
0121 **박인정** 입술에 피운 백일홍
0122 **윤혜숙** 손끝 체온이 그리운 날
0123 **안창섭** 내일처럼 비가 내리면
0124 **김성렬** 자화상
0125 **서미숙** 자카르타에게
0126 **최을순** 생각의 잔고를 쓰다
0127 **김젬마** 와랑와랑
0128 **최혜영** 그 푸른빛 안에 오래 머무르련다
0129 **진영심** 생각하는 구름으로 떠오르는 일
0130 **김선희** 감 등을 켜다
0131 **김영관** 나의 문턱을 넘다
0132 **김유진** 다음 페이지에
0133 **김효숙** 나의 델포이
0134 **오영자** 꽃들은 바람에 무게를 두지 않는다
0135 **이효정** 말로는 그랬으면서
0136 **강명수** 법성포 블루스
0137 **박순례** 고양이 소굴
0138 **심춘자** 낭희라는 말 속에 푸른 슬픔이 들어 있다
0139 **이기종** 건빵에 난 두 구멍
0140 **강호남** 야간 비행
0141 **박동길** 달빛 한 숟갈
0142 **조기호** 이런 사랑
0143 **김정수** 안개를 헤치고
0144 **이수니** 자고 가
0145 **황진구** 물망초 꿈꾸는 언덕에서
0146 **유한청** 크리스마스섬의 홍게
0147 **이정희** 모과의 시간
0148 **모금주** 빛의 벙커들 각을 세우고

0149 박형욱 감정 여행, 그 소소한
0150 이하 반란
0151 김상조 시 바람 느끼기
0152 백명희 달의 끝에서 길을 잃다
0153 홍병구 첫사랑
0154 박경임 붉은 입술을 내밀고
0155 최영정 나의 라디오
0156 정건우 직선
0157 황금모 바람의 프로필
0158 전남용 매화꽃에 날아든 나비 당신이 보낸
봄인 줄 알겠습니다
0159 김중권 나와 같다면
0160 목영해 늙어 가는 일이란
0161 김형범 내 꽃밭을 누가 흔드는가